일흔 살 1학년

일흔 살 1학년

전국 문해교실
할머니·할아버지 시인
100명 지음

국가평생교육진흥원 기획

창비교육

일흔 살 1학년, 처음 학교에 가는 마음

● — 「멧돼지 보낼게」를 쓴 변대순(84세)

하하하! '메시지'를 잘못 써서 '멧돼지'가 됐지. 사람들하고 자꾸 웃었어. 그때 2년 정도, 모여서 공부하며 참 재밌었지. 다른 사람들도 같이 읽고 재미있게 웃었으면 좋겠네요.

● — 「서리태 한 주먹」을 쓴 이갑예(77세)

그거 알어? 나 학교 댕기는 할매여! 내 책상은 밥상, 계산기는 서리태. 처음엔 손가락이 계산기였는데, 10이 넘으면 계산기가 고장이 났어. 서리태 계산기는 10이 넘어도 틀리지 않고 계산할 수 있어. 나처럼 고장 난 계산기 가진 사람들한테 내 계산기를 선물해 주고 싶어.

● — 「나는 세상을 거꾸로 살아요」를 쓴 박광춘(78세)

처음 문해학교에 간 날 이 시를 썼어요. 우산이 날아갈 만큼 바람이 세게 불고 비가 억수같이 쏟아지던 날이라 속옷도 다 젖고 신발에서도 물이 줄줄 흘렀어요. 근데 나는 기분이 정말 좋았어요. 꼭 일고여덟 살 1학년으로 학교에 처음 가는 것 같잖아요. 못 배운 한을 품고 80년을 살았다고 생각해 봐요. 그 기분은 누구도 못 느낄 거예요.

● — 「고무줄 학력」을 쓴 백종순(65세)

화요일하고 금요일, 지금도 일주일에 두 번씩 학교에 가요. 중학교 과정에 다니고 있고, 수학이 재미있어. 앞으로도 계속 공부할 겁니다.

• —「도로 까막눈」을 쓴 신정득(79세)

못 배운 것이 한이 되어서 불쑥 쓴 것이 그렇게 됐어요. 내가 그놈의 시를 써야겠다 하고 깊이 생각한 것이 아니고 내가 살아온 게 까막눈이라 그 이야기를 썼는데, 아이고, 그게 시가 될 줄 몰랐지.

• —「아이스께끼」를 쓴 김순신(80세)

오래오래 문해학교를 다니고 싶었는데 건강이 나빠졌어요. 건강해지면 언제든 다시 학교에 가고 싶습니다. 힘들어도 계속하다 보니 나도 모르는 사이에 생각보다 많은 것을 할 수 있었어요. 여러분도 몸과 마음이 건강할 때 공부를 하면 뭐든 좋아질 거예요.

• —「글 만드는 셰프」를 쓴 안선재(80세)

나는 꿈이 있어요. 평소에 다른 사람들이 음식을 하는 방법하고 내가 요리하는 방법이 다른데, 그것을 요리책으로 써서 널리 알리고 싶어요.

• —「나를 들키고 싶지 않았다」를 쓴 김금례(78세)

어떻게 한 번에 써. 쓰고 고치고, 쓰고 또 고치고……. 이래야 맞나 저래야 맞나, 금방 못 쓰고 만날 고쳤어. 시를 쓸 때는 내가 살아온 이야기라 옛날 일이 생각나서 마음이 좀 우울했지만 다 쓰고 나니까 기분이 좋았지!

• — 「**순댓국**」**을 쓴 김복순**(76세)

백신을 맞고 집에 가는 길에 순댓국을 한 그릇 먹자 싶었어. 순댓국을 두덕두덕 하면서 보니까 순대는 이응이고 머릿고기는 미음이고, 다 글자가 되더라고. 공부를 해도 금방 잊어버리니까 어떻게 하면 빨리 알까 했더니만, 그래서 순댓국에서 글자가 보였나 봐.

• — 「**나는 짐꾼이 아니야**」**를 쓴 송앵두**(73세)

글을 모를 땐 차도 잘 못 탔는데 이제는 어딜 가도 떳떳하고 자신감이 있어요. 내가 아프고 죽는다고 해도, 팔십이 넘어도 공부하러 다닐 거예요. 용기 내서 배우니까 마음이 더 젊어진 것 같고 좋아요. 시방은 손자가 뭐 물어보면 "야, 거기 받침이 들어가야지." 하고 가르쳐도 주지!

| 차례 |

1부 멧돼지 보낼게

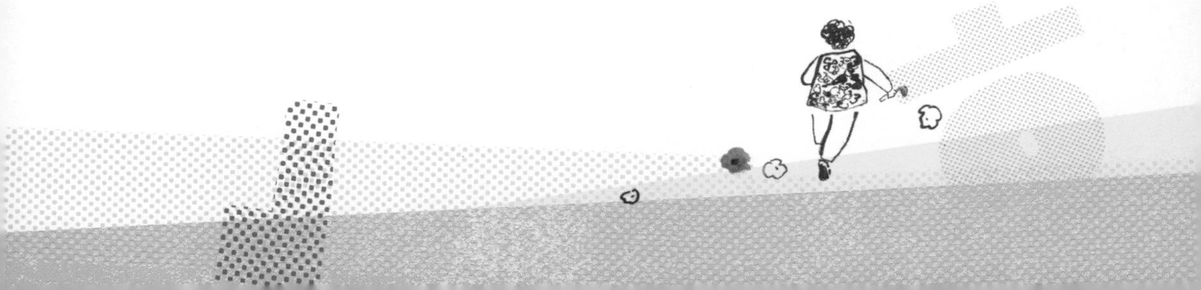

2부 네 목소리가 듣고 싶은 겨

3부 갈 데 많아서 좋네

1부

멧돼지 보낼게

내 기분

강 달 막

이웃집 할망구가
가방 들고 학교 간다고 놀린다
지는 이름도 못 쓰면서
나는 이름도 쓸 줄 알고
버스도 안 물어보고 탄다
이 기분 니는 모르제

02
버스

친구

김 예 순

오늘은 한글 공부하는 날
선생님과 친구들의 웃음소리로
시끌벅적해지네

저녁을 저년이라 쓰고 호호호
참새를 촉새라 쓰고 하하하

고사리를 고살리라 쓰고 히히히
엽구리를 개구리로 쓰고 헤헤헤

너도 틀렸냐? 나도 틀렸다
우리 모두 틀렸으니 친구 맞구나

벽장 속 내 가방

김 우 례

벽장 속에 숨겨 둔
가방 하나를
며느리에게
들키고 말았다

한글 배운다고
말도 안 하고
아무도 모르게 공부를 했는데
아이고, 들키고 말았네

나이 먹고 공부하는 게
너무 창피해
벽장 속에 숨겨 뒀는데
그 가방을 들키고 말았다

잘 들켜 버렸다
이제는 안 숨겨도 되겠다

서리태 한 주먹

이 갑 예

내 학력은 일자무식 까막눈 83년
남들은 이름도 나이도 잘 쓰고
산수도 척척 잘 계산하는디……
내 머리는 당최 돌아가덜 않는다
"왜 이런댜. 아이고 환장혀."

옳지! 그렇지! 좋은 생각이 났다
집에서 굴러다니던
옥수깽이 열 알 틀어쥐고 마을학교 갔다
하나, 둘, 싯…… 보태고 닛, 다섯, 여섯……

옆자리 형님이 깜짝 놀라며 반색이다
“아이고 그 좋은 거 어떻게 생각했댜?”
날 보고 옥수깽이 댓 개만 꿔 달란다
“나도 몇 개 없슈.”
우리 반장이 한심한지
내일 서리태 한 주먹 갖다준다고
다음 날부터 우리 학교 할매들 필통에는
서리태가 한 주먹씩 들어갔다

“자, 산수 시간이니께, 어서들 서리태 꺼내.”

행복한 교실

이 지 현

공부가 너무 하고 싶어 물어물어 찾아와
열심히 공부하는 우리 반 큰언니

깔깔깔 잘 웃는 내가 예쁘다며
늘 챙겨 주는 마음씨 좋은 둘째 언니

아이 새 어이 세, 무슨 말인지
알아들을 수 없다며 옆 짝지인 내게
살짝 물어보는 흥이 많은 셋째 언니

우리 학교가 좋다는 소문을 듣고
나는 행운이 있다며 좋아하는
새로 들어오신 넷째 언니……

우리 교실은 나이가 많아도
모두 언니다

우리 반 언니들의 꿈과

내 꿈을 합하니
교실로 한가득이다

무서운 손자

강 춘 자

어릴 적
할머니 다리에 누워
옛날얘기를 들으며
잠이 들곤 했었는데

우리 손주는
책을 가져와
읽어 달라고 하니
무서워 죽겠다

말로 하는 이야기라면
손으로 하는 음식이라면
손주 놈이 해 달라는 대로
해 줄 수 있으련만

달려가 보듬어 안고파도
손주 놈 손에 들린
동화책이 무서워

부엌에서 나가질 못한다

이야, 수지맞는 장사네

김 진 극

한글교실 수업 시간에
문자 보내기를
배웠다

큰딸에게 떠듬떠듬
"사랑한다."라고
써 보냈다

바로 문자가 왔다
"아빠 어디세요?"
여기는 도서관 한글교실이야,라고
답장을 보내야 하는데
마음이 급해져서
눈이 더 안 보인다

글자 대신에
♥를 보냈다

바로 답장이 왔다
"♥♥♥♥♥ ^^"
나는 ♥를 하나 보냈는데
딸한테 ♥를 5개나 받아 보고

이야, 수지맞는 장사네

멧돼지 보낼게

변 대 순

오늘은 공부 시간에
문자 보내는 거를 배웠다
아이구 왜 이리 안 되는 거여
안 돼 하하하

그래도 될 때꺼정
해야 된다고 하니
안 보이는 눈을 찡그려 가며
아이고 간신히 몇 자 적었네

얘들아—
엄마가 멧돼지 보낼게
얼른 받아 봐 아하하하

메시지를 멧돼지라고 해서
우리는 그만 웃음보가 터졌다
하하하 하하하

얘들아—
엄마가 다음에 또
멧돼지 보낼게
하하하 하하하

축복

조덕선

우리 학교 교실은 3층
창밖에서는 글자들이 춤을 춘다

해바라기 한의원, 명품 옷 수선
현정 헤어숍, 궁전 닭갈비
서로가 잘났다고 뽐내네

궁전 닭갈빗집 메뉴는
소머리국밥, 김치찌개
삼계탕, 부대찌개

선생님!
삼계탕의 '계'와 찌개의 '개'가
같은 줄 알았는데 다르네요

평생
그놈이 그놈 같은 글자
오늘에야 제대로 알게 되었네

꿈의 밥상

손 주 희

학교 가는 날
꿈을 한가득 담아 학교로 향한다
1교시는 국어 한 그릇
2교시는 수학 한 그릇
3교시는 영어 한 그릇

나의 꿈은
하나의 밥상이 되어 완성되어 간다
무심히 흘러간 세월 앞에
원망이 가득하였는데
잊고 살던 나의 삶! 신명 난 밥상으로 맛보네

한 숟가락에 14살의 내가 떠오르고
두 숟가락에 삼 남매의 엄마가 된 내가 떠오르네
지금 이 행복과 기쁨이
지난날 꽁꽁 언 내 가슴을 녹이네

글자 캐러 가세

고 정 례

아! 어서 와! 빨리 가세!
글자 캐러 가장께!
한번 와서 캐 봐!
별것이 다 있다고!

어제 심은 '가'가 커서
'가지'가 되었고
그저께 심은 '나'가 커서
'나비' 되어 날아가네!

아! 창피가 밥 먹여 주냐?
세상이 그랬는데 무슨 소용이여?
못 배운 것이 죄도 아니지만
자랑도 아니란 말이지

아직 늦지 않았어
어서 빨리 와!
글자도 캐고 글도 캐서

새 세상을 만나 보장께!

글자 품은 호맹이

서 춘 자

내 안에 무엇이
밭매러 가는 나를
이렇게 신나게 할까
초록 고운 넓은 들녘이
한눈에 다 보인다

까막눈 할매가
호맹이 들고 밭매다가
뭔 호사를 누리겄다고
ㄱ, ㄴ, ㄷ, ㄹ 공부할 시간 되면
쿵쾅거리는 마음을 안고
마을 회관으로
담박질한다

그랴, 알아야 면장 한다고
그 말이 딱 맞어
면장이 안 되어도
저승 가서 반장은 해야겄제

깨발에 풀 매고
허리 펴 쳐다봉께
세상이 다 내 것이네

나는 까마구 사촌인가?

임순덕

나는 까마구 사촌인가?
오늘 배운 공부
문 열고 나서며 까먹고
집 대문 들어가며
다 까먹었다
농사는 일등으로 짓는데
공부는 와 모르노……
나는 까마구 사촌인가?
그래도 한 자 한 자
가랑비 옷 젖듯 젖는다
오늘도 새벽같이 일하다
영감 오토바이 소리에
가방 들고 달려 나온다
학교 데려다주는
영감도 고맙다

순댓국

김 복 순

백신 주사 맞고 오는 길에
순댓국 한 그릇 사 먹는데
김이 모락모락

순대 모양은 이응이요
머릿고기 모양은 미음이라
자음 모음 찾아서 글자 만드니
순댓국 그릇에 글자가 한가득

아따! 이 글을 돈 주고 사 뿌리면 좋겠네

세상에 이런 일이

김 임 순

오늘 선생님이 박카스를 사 오셨다
고맙게 한 병을 벌컥 마셨다
그랬더니 선생님이 편지를 쓰라 하신다
세상에 이런 일이
토할 수도 없고
머리털 나고 처음으로 편지를 쓴다

오늘 선생님이 사탕 한 봉지를 사 오셨다
고맙게 사탕 하나를 입에 얼른 넣었다
그랬더니 선생님이 시를 쓰라 하신다
세상에 이런 일이
뱉을 수도 없고
머리털 나고 처음으로 시를 쓴다

오늘 선생님이 요구르트를 사 오셨다
마실까 말까 망설인다
선생님이 오늘은 뭐를 시킬까?
세상에 이런 일이

오늘은 걱정 말고 마시라 한다

도깨비 글 창고

천 여 임

아침에 쌓았다가
저녁에 열어 보면 빈 창고
낑낑대고 만들어서
어렵게 들여놓으면
다음 날 도망가고 없는 글 창고

영감 눈치 보고 사위 눈치 보고
손자 녀석 눈치 봐 가며
열심히 만들어서 쌓아 두어도
며칠 후 열어 보면 빈 창고

그래도 언젠가 열어 보면
서울도 있고 광주도 있고
농협도 있고 우체국도 있는
도깨비 글 창고

기말순

김말순

농협에 갔다
인자 나도 한글 배운다
당당하게
이름 석 자 썼는데
ㅁ을 빠뜨렸다
김말순이 그래서
기말순이 됐다
방학을 하지 않았다면
제대로 썼을 텐데
그새 잊어버렸다
그래도 한바탕
웃었으니
남은 거다

밤잠 설친 겹받침

최 정 임

겹받침을 배우는 시간
받침이 두 개
서로 다른 자음

소리는 하나만 나는데
왜 두 개를 다 쓸까
어떨 땐 앞엣것
어떨 땐 뒤엣것
뭐가 뭔지 잘 모르겠다

받침이 하나만 있든지
없든지 하면 좋을 텐데

오늘 밤에도 나는 겹받침 생각에
잠이 잘 오지 않는다

시 쓰기

최 순 임

차라리 밥을 해 오라 하시지
차라리 국을 끓여 오라 하시지
내 가슴은 타들어 간다

그래도 어쩌겠냐 해 봐야지
하얀 종이는 머릿속에서
빙글빙글

연필은 내 손에서 벗어나
책상 위에서 데굴데굴
애꿎은 공책 얼굴에 긁적긁적

에구에구 미안하다 공책아
네 얼굴이 내 가슴 타듯이
까맣게 돼 버렸구나

쪼깨 거시기 해

문 용 단

거참! 신기하다
안과에도 안 갔는디 눈이 맑아졌어
농협 간판도 이제 보이고
읍사무소도 보인당께

거참 신기허네
70년을 안 보이던 저놈들이
반갑다고 인사를 다 하는구먼
저놈들 어디 갔다가 이제 왔을까?

근디 말이여!
저놈들 간판은 이제 알겠는디
저 속에 들어가면
꽤 거시기 하드라고

저 속에서 활개 치고 다닐라믄
많이 더 배워야겠제?
공짜가 어디 있당가? 열심히 배워 보세

도로 까막눈

신 정 득

한글학당에서
드디어 까막눈을 좀 떠 보려고
손목이 시드락 가나다라를 배우는디
아, 느닷없이 코로나19라는 것이 나타나서

선생님도 오지 말라
학생들도 모이지 말라 헝게

인자 겨우 바늘귀만치 실눈 떠졌는디
아이고 어쩍그나
도로 까막눈이 되려고 허네

코로나19 그것이 무슨 벌거지 같으면
잡아서 돌팍에 대고 콕콕 찧어 불면
내 속이 시원허겄네

한글 공부

이 재 옥

공부하러 가야 하는데
민정이가 고스톱 치자고
전화를 한다
공부해야 한다고 해도
자꾸만 꼬신다
공부하러 갈까
고스톱 치고 놀까
고민을 하다
마음 다잡고 공부하러 간다
즐겁게 공부를 하다 보면
고스톱은 생각이 나질 않는데
또다시 울리는 핸드폰
고스톱 치러 오라고 꼬신다
아휴! 기다려
공부 끝나고 금방 갈게
어휴! 두 마리 토끼 잡기가 너무나 힘들다
내 사랑 공부, 내 사랑 고스톱
호호호

딸에게 배우는 한국어

양추월

귤, 굴, 굴, 귤
딸은 귤이라고 읽는데
내가 읽으면 굴이라고 읽어진다

한국에 시집온 지 6년
어린 딸에게서 배우는
늘지 않는 한국어

하하 호호 웃음소리는 같은데
책 읽으면 서로 다른 발음 소리
마법 같은 한국어

숨비소리 한숨 소리

강 매 옥

바당에선 물질 상군
책 속에선 한글 하바리
열 길 물속 숨비소리
망사리 속 바다 보물 가득
책 속에선 한숨 소리
전복 캐듯 글자 주워
공책에 담아 보지만
친구는 또박또박 나는 비틀비틀!
언제쯤
책 속에서 상군이 되어 볼까?
바닷속에서 바늘 찾기구나!

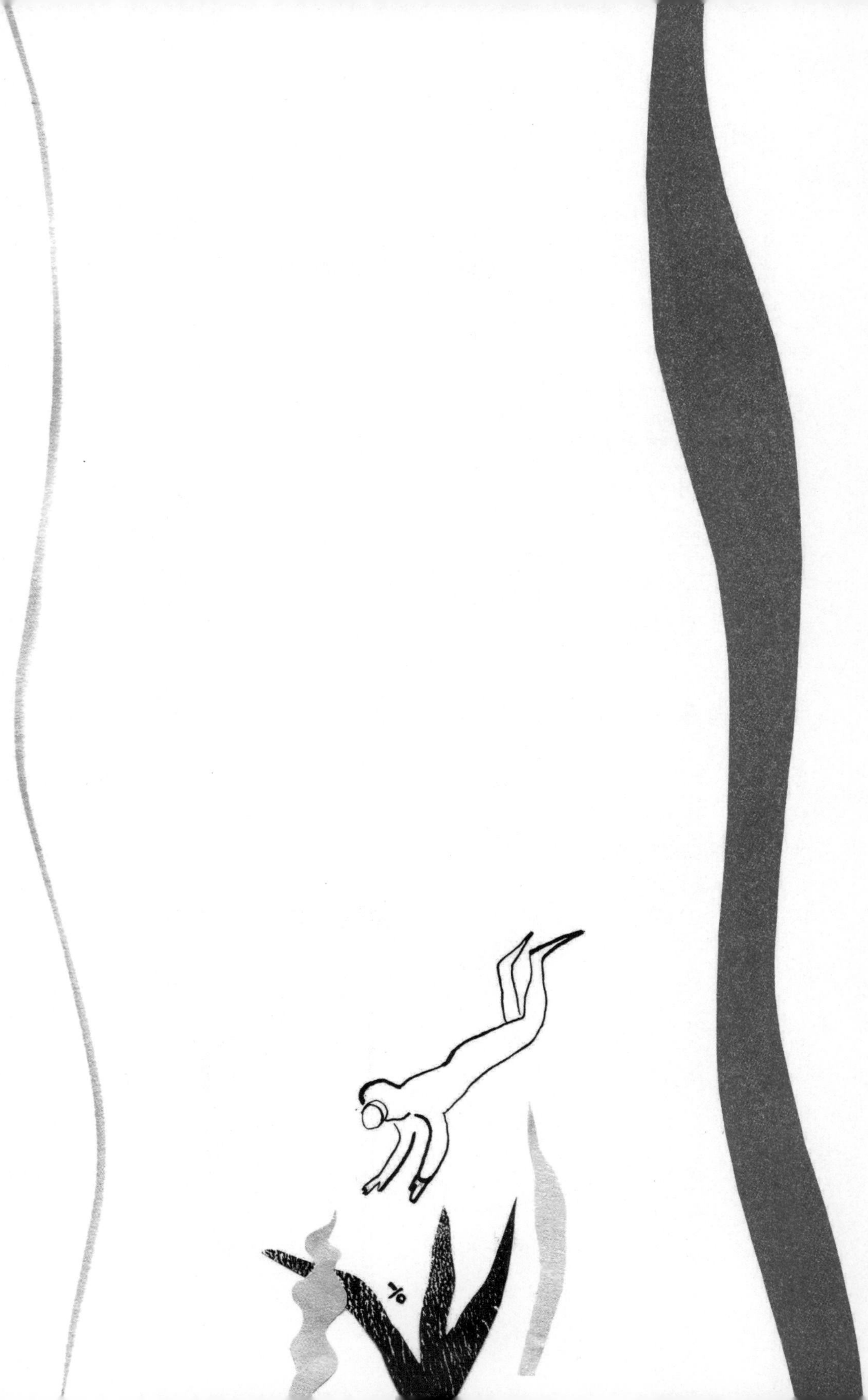

숨바꼭질

정을순

오만 데
한글이 다 숨었는 걸
팔십 넘어 알았다
낫 호미 괭이 속에
ㄱ ㄱ ㄱ
부침개 접시에
ㅇ ㅇ ㅇ
달아 놓은 곶감엔
ㅎ ㅎ ㅎ
제아무리 숨어 봐라
인자는 다 보인다

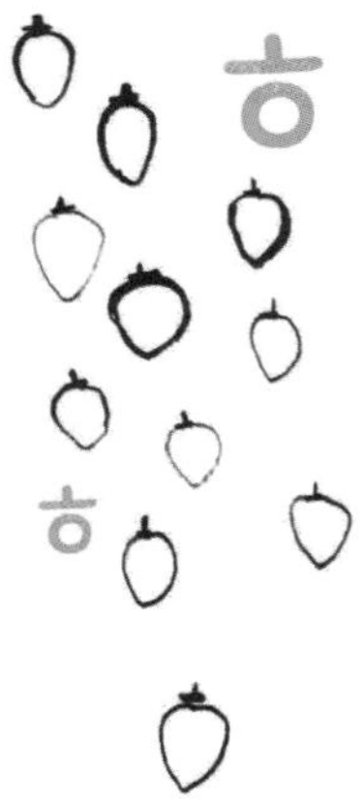

텃밭

이옥주

주말마다 가는
우리 텃밭에는
여러 작물이 있습니다

자주색 감자를 심었더니
예쁜 자주색 꽃이 피었고,
오이를 심었더니
예쁜 노란색 꽃이 피었습니다

나의 머리에 자음을 넣고
모음을 넣어 흔들면
어떤 글자가 되어 나올까요?

글 만드는 셰프

안선재

6.25 사변으로 가난으로 학교 못 가고
부엌데기 하며 장독 위에 앉아 울 때면
학교 갔다 와서
일기 쓰고 시 쓰는 애들이 부러웠다

저 애들은 글자로 자기 마음을 만드는구나
나는 글 몰라 청국장 만드는구나

세월 지나니
텔레비전에 부엌데기도 셰프라 불러 주네
70년 부엌에서 음식만 하니
손맛 좋다고 소문났는데

이젠 야학 다니며 글도 쓰니
글 만드는 소문난 셰프나 돼 볼까
어디 내 글맛 좀 볼텨?

생강 거둬들이듯

송순희

생강밭 퇴비 뿌리듯
자음 ㄱ, ㄴ, ㄷ, ㄹ
생강밭 갈듯
모음 ㅏ, ㅑ, ㅓ, ㅕ

생강 쪼개어 심듯
가, 나, 다, 라
지푸라기 덮듯
각, 낙, 닥, 락 받침을 주고
매일 풀 매듯
읽고, 쓰고, 읽고, 쓰고

가을이면 생강이 주렁주렁
한글 실력도 쑥쑥

듣고 싶다

배정동

아들이
손자가
웃고 있다
크게 입 벌리고
웃고 있다
어떤 소리일까
산보다 큰 소리일까
꽃보다 예쁜 소리일까
듣고 싶다
웃음소리

매미

성 천 모

우리 집 감나무에서
쓰란 쓰란 우는데
콩새가 콕 찍어 간다

먹을 게 그리 없냐
전깃줄에 앉은 걸 쏘아보았다

마음이 아팠다
매미야, 숨어 있지, 왜 울었어

눈 깜박 새
변을 당했다

수박

김 송 순

내 머리보다 큰
여름철 과일 수박
무더운 여름날 저녁 먹은 뒤
소반에 덩그렇게 올려놓고
칼을 대기가 무섭게
뚜두둑 짜개지며
함박만 한 웃음

까아만 씨들이 웃는다
나도 웃는다

행복

이 승 훈

보리타작하는 날
옹기종기 모여 까불내질 하다
개울 목욕을 갔다
모깃불 피우면 쑥 향은 코를 찌른다
멍석 깔고 강냉이 생이 먹고 누워
하늘을 쳐다본다
별들은
무슨 이야기를 소근소근대는지
조금 있다가 별 하나가
숑 하고 똥을 쌌다
강변 모래 위에다 쌌다고 했다
먹으면 졸깃졸깃하다고 했다
별똥 먹어 보고 싶다

오빠야

최계자

오빠 따라
앞 들판 논두렁에 가면
참개구락지 정말 많았지

도망가는 개구락지와
몇 번이고 달음박질하다
오빠의 작대기가 딱 내려치면
개구락지 네 다리를 쭉 뻗고
누워 버렸지

싸리 꼬챙이에 꿰어
집에 오다 도랑에서
다리를 불에 구웠는데
구수한 냄새만 솔솔 피워
오빠 혼자만 먹고
나는 침만 꿀꺽 삼켰지

오빠야

그때 그 개구락지
나도 참 먹고 싶었다고
이제야 그 맘을 글로 써 본다
어린 시절 추억을 노래하는
시인이 된 듯이

2부

네 목소리가 듣고 싶은 겨

교복

배 경 순

육 남매의 맏이인 나는
동생들을 돌봐야 했다
내 친구들은 그때
가방을 메고 학교에 갔다
내 등엔 가방 대신
동생이 업혀 있었다
매달려 있었다

소원이라면 교복을 입고
책가방에 시간표대로 책을 넣고
학교에 가는 것
엄마가 챙겨 주는 밥 먹고
친구들이랑 어깨동무하고
학교에 가는 것이었다

어머니 학생이 된 지금
직장에서 일하면서
한 손엔 빗자루
한 손엔 연필을 쥐고 있다
초등학교를 졸업하고
중학교에 갔으면
교복을 입어 봤으면

아이스께끼

김 순 신

동네에서 처음 들어 본 고함 소리
"아이스께끼."
맛있는 과자라길래
동생 주려고 하나 사서
찬장에 모셔 두었었네
얼음과자라고 쓰여 있는 포장지를
그때는 읽지 못해서……
학교에서 돌아온 동생에게 주려 했던
그 아이스께끼는
온데간데없고 덩그러니 남은 나무 막대기
이제는 손자들에게 동화책도 읽어 주는 할머니 짱!
그때 녹아 버렸던 아이스께끼
이제는 손자들에게 아이스크림을 줄 때마다
떠오르는 내 서러운 추억이 되었네

영감 흉

김 애 자

젊어서부터
나 업신여기고
함부로 하던
그 버릇 버리지 못하고

늙어서도 성질만 났다 하면
물인동 불인동 모르니
한평생 큰소리 한 번
못 하고 살았다

나도 한번 "사람이다."
하면서 대드니
"공부하러 다니더니
못된 것만 배웠구나."

아까운 내 인생

박 정 희

공부는 아들 몫
일은 딸 몫

아버지는
저년이 아들이었으면
내가 좀 편할 텐데 하면서
머시매같이 일만 시켰다

억울한 것도 모르고
항변도 못 하고
그러고도 정신을 못 차리고
무작정 살았다

내가 내가 바보여!
그 인생을 들여다보기도 싫어

옛날 건 생생히 기억하는데
오늘 배운 공부는 금세 도망가

오메, 아까운
내 인생

부뚜막 소녀

이 영 금

내 나이 8살밖에 되지 않았어요
딸 셋 굶어 죽이기 싫다며
남의집살이 보낸 엄마

못된 주인아저씨
딸 공부하는 거 문틈으로 보다가 들켜
부지깽이로 때리고
설거지 제대로 못 했다고 때려
이리저리 멍투성이

추운 겨울 감기 걸려 저녁 짓고
따뜻한 부뚜막에 잠들어 있을 때
게으르다 소리 지르던 주인아저씨

그때 많이 아팠어요

나이 구십을 바라보는데
아직 잊히지 않는 악몽

그때 부뚜막 소녀
지금 하얀 공책 내 연필로 글씨를 써 보니
하늘나라 가서 자랑하고 싶어지네요

베

김분태

일제 시대 때
아빠 엄마는 목화를 심었다
일본 순사는 옷 해 입을 목화도 안 남기고
공출로 쓸어 갔다
벌거벗고 살 수 없으니
아빠 엄마는 밤이 되면
공출할 목화를
한 움큼씩 감췄다
순사 몰래 깊은 밤
쐐기로 씨를 빼고
활로 타서 수숫대에 말아
물레질을 했다
차마 베를 맬 때는 밤에 할 수 없어
낮에 불 피워 매는데
순사에게 딱 걸렸다
낮을 든 순사가 달려와
피 같은 베를 잘라 버렸다
자식들 벌거벗기기 싫어

몰래몰래 짓던 엄마 아빠 마음도
그 낫에 다 베어졌다

취학 통지서

이 명 옥

뒷간에 앉아 있는데 동네 반장이
"아무개 취학 통지서 나왔어요."
나는 좋아서 얼른 나와 "엄마 나 학교 가?"
"오빠들도 못 가르쳤는데 지지배가 무슨……."

논둑길에 하얀 손수건 달고 엄마 손잡고
학교 가는 아이들 한없이 바라보다
울타리 밑에서 혼자 놀면서
아이들이 돌아오기만을 기다렸다

지금도 고향 가면 어디 학교 나왔냐고
나의 가슴에 맺힌 한

어느 날 신대방역 신호등 기다리다 받은 전단지
공부 시기 놓친 분들 공부하세요
서랍 속에 몰래
한 달 내내 보고 또 보고 전화를 할까 말까

아들 며느리 손자 얼굴 창피해서 안 돼
망설이고 고민하다 용기 내어 전화 한 통
나 혼자인 줄 알았는데 와서 보니까 너무 많은 거야
진작 올걸 아니야 지금도 늦지 않았어

나는 어린아이가 된 것 같아요
주말이면 학교 가는 날을 기다린다
새로운 나날을 보내고 있다
나도 시인이 된 꿈을 꾸어 본다

찢어진 마음

김일자

세 살에 엄마 아버지는 이혼을 했고
새어머니 밑에서 힘들게 살아온 세월
집안 살림 돕느라 학교는 꿈만 꾸고
어쩌다 친구 따라 광목으로 책보 만들어
허리에 매고 신나서 학교 가는 나를
고모가 자기 애 보라고 공책을 찢는다
내 마음도 같이 찢어진 어린 날
그 어린 날은 언제나 찢어져 있었고
알음알음 글자 공부 가르쳐 준다는
도서관에서
겨우겨우 한 글자 한 글자 배운 시간이
조금씩 쌓여 가네
멍게젓을 무치면서도 생각나는 글자
지금까지 살면서
고생한 얘기 딸한테 원 없이 글로 써야지
땟거리 없었던 것도 보따리를 몇 번 쌌던 이야기도
전부 다 글로 써야지

나는 짐꾼이 아니야

송 앵 두

친구들 모임이
끝나자
"우리 오늘 노래방 가자!"
"앵두야, 너는 오늘도 안 갈 거야?"
노래는 겁나게 좋아하지만
글을 모르니 노래방 가자고 해도
이 핑계 저 핑계 대며 가지 않았다

한 친구가
귀에다 대고
"노래방 가서 가방 지키고 있으면 되잖아! 같이 가자."
그래서 그때부터 나는
노는 친구들 가방 지키는 신세가 되었다
어느 날은 가방을 안고
친구들 노는 모습을 보는데
눈물이 쏟아졌다

나는 가방 지키는 짐꾼이 아니야!

친구들 가방 대신
책가방을 들고 나의 꿈을 찾기 시작했다

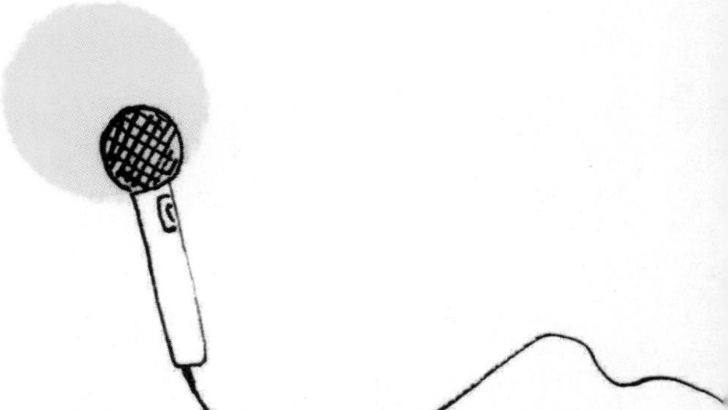

엄마 문자로 하세요

한덕희

외국에 있는 딸에게
보고 싶다 전화를 하니
엄마, 문자로 하세요
뚜뚜뚜
야속하게 끊어 버리네

나는 육 남매의 맏며느리
시동생 시누이 다 시집 장가 보냈네
시어머님은 치매로 3년
남편은 뇌경색 15년

평일엔 학교에서 청소부
주말엔 예식장에서 설거지
밤낮을 가리지 않고 생계를 책임지며
그 와중에도 한글을 배우기 시작했지

듣고 싶은 목소리 참으며
한 자 한 자 익힌 글자로

딸아, 언젠가 멋있게 편지를 쓰마

문자를 해야 글이 는다는
너의 깊은 마음
그걸 내가 왜 모르려고……
그래도 서운함에 눈물이 왈칵
난 네 목소리가 듣고 싶은 겨

밥 한 숟가락 웃음 한 숟가락 글자 한 숟가락

염남례

어린 시절 노름과 술에 빠진 아버지
없는 땟거리에 밥상을 차리면
아버지는 방에서 밥상을 냅다 차 버리시네
밥상은 안방에서 마루를 지나 앞마당에서 뒹굴뒹굴
엄마도 아버지에게 머리채를 잡혀 앞마당에서 뒹굴뒹굴

딸은 엄마 인생을 닮는다고 했던가
예순 살까지 남편 대신 가장이 되어 돈을 벌다가
눈길에 미끄러져 팔과 꼬리뼈를 다쳐
육십 평생 처음으로 허리를 펴고 쉬면서도
끼니 걱정에 긴 한숨만 푹푹
내가 죽으면 저승에 가서 우리 서로 본체만체하자고 했네

도둑질 빼고 험한 일은 다 해 봤는데
워메 워메 땟거리 걱정보다 공부가 이렇게 힘들까
가난의 아픔도 못 배운 설움도 다 시간이 약이지
살기 위해서 밥 한 숟가락
배움이 즐거워서 웃음 한 숟가락
중학교 가는 꿈을 위해 글자 한 숟가락
매일 숟가락을 들고 까르르 웃음꽃이 피네

고무줄 학력

백 종 순

전남 화순 산골짜기 내 고향
고구마 감자 징하게 먹고 살았지

등에 업고 양손에 동생 손잡은 애 보기 신세
내 학력은 초 중퇴
오빠 이력서로 큰 회사에 입사
언제 들통날지 몰라 불안불안
내 고무줄 학력은 중졸

살 만하니 찾아온 병
일주일에 혈액 투석 3번 공부도 3번
공부보다 건강이 우선이라지만
건강도 공부도 다 중요하다고 우겨
학생이 되었네

눈치 빠른 친구가 고무줄 학력을 알게 되었네
다른 친구에게 온 편지 이름만 바꿔 보냈더니
긴가민가 의심했지만 넘어갔네 간이 콩알만 해졌네

속내 다 터놓은 친구에게 터놓지 못한 고무줄 학력
졸업장 받고 고백할 날 기대하네

나는 지금 행복하다
공부하는 내가 좋다

훨훨 날아

정 수 경

시어머님은 어디서 글 모르는
까막눈이 우리 집에 왔냐고
구박만 하고
죄인 아닌 죄인으로
말 한마디 못 하고 살았네

파킨슨병으로
삼십 년 넘게 고생하다가
십 년째 휠체어를 타게 되었네

지금은 비록 손이 떨리고
휠체어에 몸을 의지하지만
내가 한글을 읽고 쓰는 날이
오게 될 줄이야

마음만은 나비처럼
훨훨 날아
책 속에서

모든 세상 경험할 수 있다네

나의 행복

변 상 철

식은 밥 한 덩이 훔쳐 먹다
하루 종일 두들겨 맞던 고아원 시절도
공부시켜 주고 호적에 올려 준다더니
십 년을 소처럼 일하고 매타작 당하던 시절도
그냥 그렇게 사는 걸로만 알았다
나이 오십이 넘도록 글도 몰라
자격증도 못 따고
은행도 병원도 마음대로 못 갔지만
그것도 그렇게 사는 거지 싶었다
이제 조금이나마 글을 배우고 보니
남들과 말도 통하고 간판도 눈에 들어오네
글씨가 삐뚤빼뚤 못나도 부끄럽지 않다
요즘은 길을 걸어도 밥을 먹어도
그냥 행복하다

그게 그거 같아서

문병복

국어책을 잘못 갖다준 날
부모님을 원망하며 실컷 울었다

아들은 낮에 엄마한테 심통 부려
미안한지 방에 들어가 있고
남편은 그런 일로 울면 뭐하냐며
담배만 피워 댔다

글씨를 못 읽어
가져오라는 국어책은 쏙 빼고
다른 책만 가져갔던 내가
이제는 다 읽을 수 있으니
손주한테 전화 와도 두렵지 않다

김 세 장씩

김맹례

스물둘에 결혼하고 보니
군인 월급 3,500원
지지리 가난했다
그래서
애 아빠가 월남에 갔다

나는 한글을 몰라
편지를 못 썼다
편지 대신 김 세 장씩을
편지 봉투에 넣어 월남에 보냈다

내 나이 팔십 줄에
한글을 배운다

이제 남편에게
김 세 장 대신
편지도 쓸 수 있는데……

고개 든 할미꽃

이 남 희

마마 자국 가득한 얼굴
내 모습이 한없이 부끄러워
차마 고개 들지 못했지
살다 보니 겉모습은 부끄러운 게 아니더라

앞 못 보는 남편 돌보는 난 까막눈
남편이나 나나 똑같은 신세
전기세인지 수도세인지 도대체 읽을 수 없는 우편물
이 답답함이 부끄럽더라

호수에 던진 돌멩이 하나
작은 동그라미가 큰 동그라미로 커져 나가듯
오늘 배운 글자 하나
커다란 글자 더미 되어
당당하게 고개 든 할미꽃으로 살아가리라

아들에게

이 정 일

하필이면
장애인 엄마 아빠의 아들로
태어난 아들아!
예쁜 얼굴 보이지는 않지만
천사 같은 옹알이 들으며
귀 코 입 눈 더듬어 본다

소가지 없는 아빠 땜에
너의 탄생 축하할 수 없는
사람도 많았지

사랑하는 아들!
너를 지킬 수 있도록
죽을힘 다해 배울란다
꿈터 글방 가족 문해 시간을 통해

사십 년 전 편지

조남순

사십 년 전 내 아들
군대에서 보낸 편지
언젠가는 읽고 싶어
싸움하듯 글 배웠다

뜨는 해 저무는 하루
수없이 흐르고 흘러
뒤늦게 배운 한글 공부
장롱 문을 열어 본다

사십 년을 넣어 둔
눈물 바람 손에 들고
떨리는 가슴으로
이제야 펼쳐 본다

콧물 눈물
비 오듯 쏟아 내며
사십 년 전으로 돌아간다

희망

김 옥 희

다리가 불편한 장애에
글을 못 배운 절망까지 안고
세상과 멀어져만 살았다

학교 가는 날
힘겨운 다리로 오르는 삼 층 계단이
하늘같이 높아 보여도
오르는 걸음걸음이
열두 번 멈칫거려도
공부하고 싶은 마음 안고
교실 문을 들어선다

오십구 년 만에 학교도 처음
선생님도 처음 글도 처음
얼마 전 다녀온 소풍도 처음이다
공부하며 배운 것들 일기장에 담아
나를 키우느라 마음 아파했을
하늘나라 엄마에게 들려줘야지

이제는 희망뿐이다

나의 보물, 동백나무 한 그루

조 매 현

우리 집 앞마당에 동백나무 한 그루
남편이 시장에서 사 오신 동백나무
심은 지 2년이 되던 해 먼 세상으로 가 버렸다

그 동백나무는 무럭무럭 잘 자랐고
그 이듬해부터 해마다 꽃이
탐스럽게 피어 내가 아침마다
쓰다듬으며 칭찬도 했다

지난겨울이 얼마나 추웠는지
잎이 얼어 버렸다

그것을 본 내 마음은
남편을 두 번 잃은 것 같았다
다음 해 끝순에서 새싹이 돋아나
얼마나 반가웠는지 눈물이 났다
남편이 선물한 나무 한 그루가
나에게는 아주 소중한 보물이다

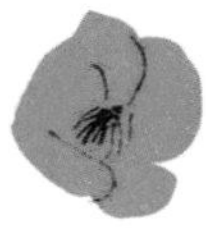

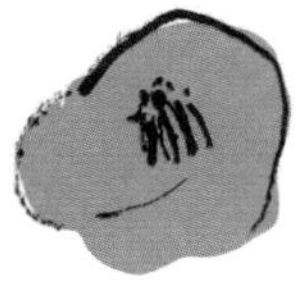

참 보고 싶다

허양순

나는 음식 만드는 것을 좋아한다
살아생전 내 남편에게
음식을 해 주면
“참 맛있네.” 했다
겉으로는 ‘참’ 자는 빼고 말하라고 했지만
속마음은 나도 참 기뻤다

나를 언제나 다독이고
살뜰히 챙겼던 정진이 아빠
꿈에라도 한번 만나
참 맛있는 음식 싸 들고
우리 두 손 꼭 잡고 멀리 놀러 가요

이번에 만나면
내가 배운 한글로
편지 써서 줄 테니 꿈에라도
한번 놀러 와요

이제 꿈을 먹는다

박종철

나는 열아홉에 엄마를 잃었고 일만 했다
힘이 나지 않아 약을 먹었다
다시 조금 힘을 내었다
나는 서른아홉에 아버지를 잃었고 손도 잃어버렸다
다 잃어버린 것 같아 약을 먹었다
나는 죽었다
꿈을 꾸는 듯했다
따뜻한 엄마 목소리가 나를 깨웠다. "종철아."
나는 더 이상은 약을 먹지 않았다
다시 힘을 내서 견디고 견뎌 냈다
나는 마흔에서야 글을 알게 되었다
종이와 글을 먹는 것 같았다
나는 지금 마흔다섯이다
나는 이제 꿈을 먹는다
대학에 가고 싶다
나는 종철이다

포기하지 않으면
희망은 반드시 있다

조동철

칼바람이 몰아치는 꽝꽝 얼어붙은 두만강을
2011년 3월에 건넜다
죽을힘을 다해 탈북했고 중국과 태국을 거쳐
2011년 5월 자유 대한의 품에 안겼다

사람도 환경도 모두 낯설었다
그러나 용기를 내서 무엇이든지 도전했다
전기 기능사, 지게차 운전 기능사 훈련 등등
살기 위해 무엇이든지 열심히 배웠다

사람들과의 관계에서도 자신감이 생기고
이만하면 남한에서 잘 살 수 있겠다는 자신감이 생겼다
그러나 어느 날부터
눈앞이 흐려지고 계단 높낮이를 가늠하기가 힘들어졌다

하늘도 무심하시지, 2017년 12월
망막 폐쇄라는 병명으로 시각 장애 1급을 판정받았다
눈앞이 캄캄해지고, 눈물만 흘렀다

그러나 좌절만 하고 있을 수는 없었다

북한을 탈출할 때처럼,
다시 한번 용기를 가지고 도전했다
점자도 배우고 보행 방법도 배우고
시각 장애인 친구들도 사귀었다

우리 인생은 포기하지 않으면 반드시 희망은 있다
내가 죽을힘을 다해 살아온 것처럼
이 힘든 시기를 좌절하지 않고 용기를 가진다면,
반드시 희망찬 내일이 우리 앞에 펼쳐질 것이다

할미 꿈

김 생 엽

아주 까막눈 때는
공부가 꿈이엇는디
인자 쪼매 눈뜨니
에미 없는 손자 고등학교
마칠 때까지 사능 기 꿈이요
내 나이 칠십다섯잉께
얼마나 더 살랑가 몰라도
우짜등가 즈그 앞가림할 때까지
잘 거둬 먹이고 다부지게 살 것이오
그것이 이 할미 꿈이요

우얄꼬

이 봉 임

마늘밭 양파밭은 내 손만 기다리고
아랫집 마늘밭도 건넛집 양파밭도
자꾸만 자꾸만 나를 오라 하네

내 밭 돌보는 것도 힘든디
이웃집 밭들까지 나를 불러 대니
아이구 내 허리 아이구 내 물팍이야

파스로 달래 가며 새벽부터 저녁까지
해도 해도 끝이 없는 밭일에
코에서 입에서 뜨거운 김이 푹푹 나네

살려 주오 살려 주오 나 좀 살려 주오
숙제도 해야 하고 학교도 가야 하는디
아이구 아이구 이를 우얄꼬

내 허리는 육만 칠천 원

정 진 임

요즘은 내 허리가 육만 칠천 원씩 먹는다 내 허리가 와 이리 아프노 어렸을 때 아기를 내 등에서 14명이나 키웠더니 내 허리가 아프나 시동생이 많아 물지게를 너무나 많이 졌더니 내 허리가 아프나

12명 식구들 빨래를 매일 큰 다라에 이고 강물까지는 버스 두 정거장 거기까지 이고 가서 빨아서 또 이고 집까지 오는 동안 내 허리는 바서지듯 아팠네 내 허리를 아프게 하는 게 또 있네

남편이 맡기고 간 삼 남매 때문에 밤만 되면 똥지게를 져야 했네 생계를 위해 허리는 바서져도 일은 또 해야지 벽돌을 트럭에 실어 주는 일을 수십 년 동안 했으니 어찌 허리가 온전하겠노 그래서 아프나 허리는 부서져도 일을 안 하면 입에 밥이 안 들어오니 그래서 아파트 화장실에 파일 붙이는 일을 온종일 시멘트와 모래를 내 등에 업고 다니면서 해서 허리가 아프나 이게 다가 아니지 또 있네 지하철 야근 반에서 20년 동안 물통과 세제 통을 들고 물 호스를 끌고 계단을 오르락내리락해 왔네

과연 내 허리를 아프게 한 범인은 무엇일까요?

내 친구 휴가 주는 코로나바이러스

박말분

고마운 내 친구 유모차
길을 갈 때 길을 열어 주는 유모차
시장 갈 때 내 앞을 나서던 유모차
경로당 갈 때 내 발걸음에 발맞추는 유모차
친구 집 마실 갈 때 덩실덩실 같이 가던 유모차
어느 날 나타난 코로나바이러스
나를 동작 그만 시키는 코로나바이러스
내 친구 유모차를 동작 그만 시키는
무서운 코로나바이러스
얌전히 마당에 앉아 있는 유모차
거실에서 보이는 내 친구 그동안 힘들었겠다
무서운 코로나바이러스가
내 친구 유모차에게 휴가를 주었네

땀과 눈물

손재순

간호학을 공부한 딸이
“엄마, 나도 자원봉사 지원할까?” 할 때
가슴이 ‘쿵’ 내려앉았다

힘들게 고생하는 의료진을 보면서
코로나 환자들의 고통을 보면서
정작 내 자식만은 보낼 수 없다는 이기심에
선뜻 허락할 수 없었다

너무 창피하고 미안하다
정말 미안하고 미안합니다

오늘도 힘들게 코로나19와 싸우고 계신
여러분들도 다른 사람들의 자식일 텐데
의료진들의 땀과 눈물을
영원히 잊지 않겠습니다

억수로 보고 싶다

전달수

남아 있던 마지막 친구가
먼 나라로 떠났다
마중 길 함께하고 싶었지만
코로나 때문에 마음속으로
기도만 하고
함께하지 못했다
눈물을 한 바가지 흘렸다
코로나 지가 뭐라고, 지가 뭔데?
사람의 도리도 못 하게 막고 있는가
눈에 보이면 발로 둘구 차고 싶다
지난번 모임에서 만나
서로 건강을 빌었는데……
친구야! 보고 싶다 억수로 보고 싶다

죽음 문턱을 넘어

유 학 임

갑갑하고 숨이 차
가래가 끓고
죽는가 싶었다
하얀 옷을 입고
눈만 내놓고 우리 집에
사람들이 소독을 하고
난리다
마산 의료원에서
두 달 넘겨 참말로
죽는가 싶었다
집에 와서도 갇혀서
세상이 무서워서
울기도 참 많이 울었다
학교에 오니
친구들 선생님
모두 반갑게 맞아 주니
나는 산 사람이다

3부

갈 데 많아서 좋네

처음엔 그랬제

조 경 자

처음엔 그랬제
연필도 못 잡아서 얼마나 웃었는가
줄만 그어도 연필이 날아가고
글씨를 열 번씩 써도 뒤돌아서면
생각이 안 나 어째야 쓰까만 했제
첫 애기 낳을 때도 그랬제
부끄럽기만 하고 어찌 키울까 고민만 했는디
지금은 부모만 생각하는 효자가 됐어
글씨도 징하게 안 외워지더만
지금은 간판도 읽어지고 일기도 쓰고
기분이 저절로 좋아진당께

반장 김영옥

김 영 옥

땡볕이 내리쬐면
양산을 쓰면 되고
비바람이 불면
우산을 쓰면 된다
긴 버스 도로를 지나고
안산 도서관길을 지나
진달래반 교실로 간다

그곳에는
남편의 아내도 아닌
애들의 엄마도 아닌
어머님의 며느리도 아닌
진달래반 반장 김영옥이 있다

내 반쪽 미싱

박 복 남

반평생 삯바느질과 함께한
내 반쪽 미싱이
어느 날 고장 나서 멈춰 버렸다

미싱도 나이 들어 부서졌을까?
마음이 슬프다
이제는 바느질도 끝난 것 같다

나도 미싱같이 나이가 들어
허리도 구부러지고 볼품이 없다
모든 것이 자신이 없어진다

이제 미싱 대신 연필을 잡았다
남은 인생 벗갈이 함께 가자

한 땀 한 땀 바느질처럼
한 자 한 자 배우니 마음이 기쁘다

내 반쪽은 미싱
남은 반쪽은 연필

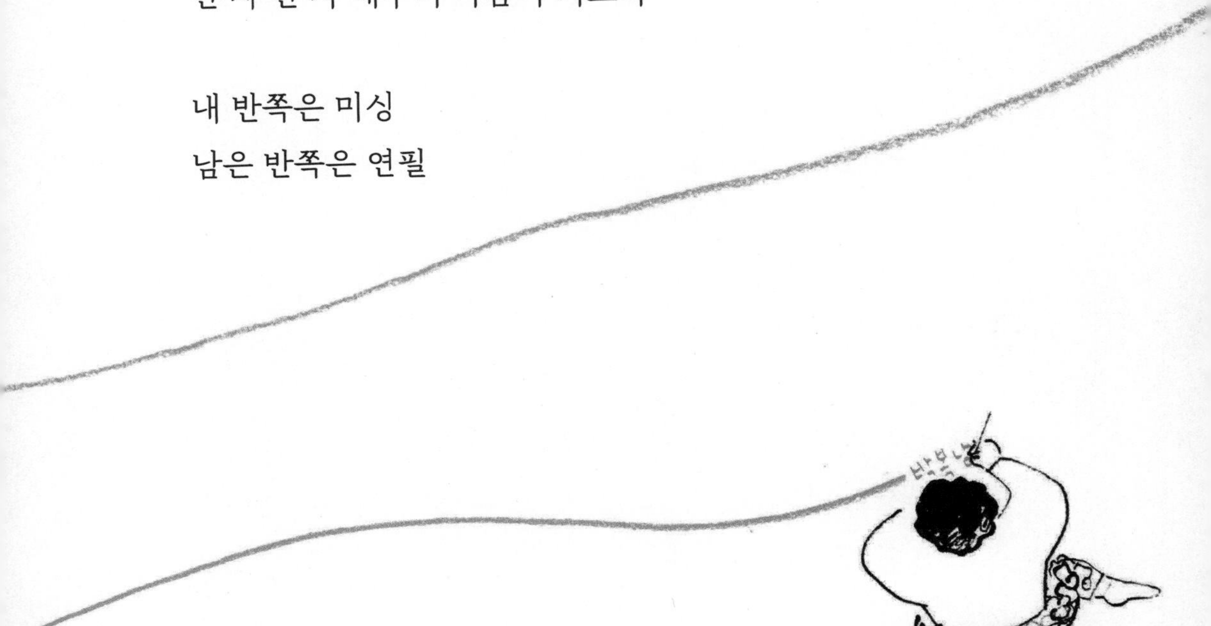

이루어져 가는 나의 꿈

김 금 순

식당에 가면
음식 사진만 본다

이름 쓰라고 할까 봐
동사무소에 가기도 무서웠다

은행에 가면 직원에게
인사를 두세 번은 해야 한다

이젠 식당에 가면
메뉴판을 먼저 본다

동사무소나 은행에도 척척 들어간다
큰소리가 절로 나온다
나도 모르게 미소가 지어진다

평생 이루지 못할 줄만 알았던 꿈이
내 눈앞에 와 있다

산수 때문에 선생님과 같이 부둥켜안고
울었던 시간들
이젠 칭찬으로 되받는다

한글 쓰기만 남았다
아직도 자꾸만 틀리는 받아쓰기
올해는 꼭 백 점을 받아 보리라

나를 들키고 싶지 않았다

김 금 례

우리 집에 마실 와서 돌아가지 않는 네가
얼마나 미웠는지
너는 모른다

단짝 같은 친구지만
네 이름도 쓰지 못하고
글도 잘 읽고 쓸 줄 모르고 사는 나를
들키고 싶지 않았다

빨리 돌아가면
한 자라도 더 읽고 쓰려 했건만
눈치 없는 너는
저녁밥까지 먹고 가려고
텔레비전만 쳐다보고 있구나

말을 잘하고
네 말을 잘 알아들으니
내가 글자를 잘 모른다는 걸

넌 몰랐겠지

열심히 글자 익혀
네 이름도 쓰고 사랑한다고도 쓸 테니
서둘러 집에 가라고 해도 서운해하지 마라

내 친구는 소

강 옥 자

어린 시절
내 친구는 소
아침부터 저녁까지
떨어지지 않는 다정한 친구

날마다 들에 나가
소먹이 풀을 베고
많이 울었다

소야 너는 좋겠다
말을 못 하니
글을 몰라도 되니
차라리 나도 소가 되고 싶었다

60년 소처럼 살아온 난
이제
멍에를 벗고
어린 시절 소처럼
맘껏 배움의 들판에서
꿈을 뜬는다

알림장

송 월 예

손녀딸 둘을 키우는 혼자된 할머니입니다
기저귀 갈아 주고 밥만 먹이면 되는 줄 알았지
손녀딸 둘이 어린이집에 들어가자
사달이 벌어졌어

알림장을 가지고 왔는데
뭔지 몰라 도장을 꾹꾹 찍어 보냈지
전화가 왔어
준비물 보내라는 알림장

내 이름 석 자만 쓰면 되는 줄 알았지 뭐
앞이 캄캄했어
이장님을 찾아가 글을 배워야겠다고
사정을 해 경로당에서 한글을 배우고 보니

흰 종이 위에 박힌 것이 글씨라는 것
내 자식 키울 때 몰랐던 한글을
부모 없이 손녀딸 키우다 보니

팔십 살에 책도 읽게 되네

천만다행이지요?

최 혜 란

유치원 급식 도우미를 하기로 했어요
보건증을 만들려고 병원에 갔는데
코로나 때문에 들어가는 방법이 복잡했어요
글을 모르는 나는 가슴이 쿵닥쿵닥
안내원에게 좀 부탁했더니
외국인이냐고 했어요
창피해 죽는 줄 알았어요

유치원 도우미 하러 갔어요
밥 가방에 이름이 쓰여 있었어요
지혜, 새롬, 다솜, 예쁜, 사랑, 정다운, 으뜸, 고운, 보람
그 이름을 몰랐으면 어찌했을까요?
글을 읽을 줄 알아서 천만다행이지요?

한 번도 메지 못했던 서러움의 가방이
기쁨의 가방이 되었어요

내 이름은 분한이

권 분 한

우리 어매 딸 셋 낳아
분하다고 지은 내 이름 분한이

내가 정말 분한 건
글을 못 배운 것이지요
마흔셋에 혼자되어
쭈그렁 할머니가 되어
공부를 시작했어요
글자만 보면 어지러워
멀미가 났지만
배울수록 공부가 재미나요
세상에 이렇게 행복한 일이
어디에 있을까요

구십에 글자를 배우니까
분한 마음이 몽땅 사라졌어요

장하다 우리 딸!

김 춘 남

오늘은 문해학교 입학하는 날
엄마 생각이 많이 났어요

우리 아들 입학식 때 손잡고 갔던 학교를
엄마도 없이 나 혼자 갔어요

장하다 우리 딸! 학교를 가다니
하늘나라 계신 엄마 오늘도 많이 울었을 건데

엄마! 울지 마세요
춘남이 공부 잘하겠습니다

엄마가 살아 계셨더라면
서명도 못 하냐고 무시하던 택배 아저씨도
이름도 못 쓰냐고 눈 흘기던 은행 아가씨도
우리 엄마한테 혼났을 건데

언젠가 하늘나라 입학하는 날

내가 쓴 일기장 펴 놓고
동화책보다 재미있게 읽어 드릴게요

유언

김영예

"이보게 한글 공부 시작하게."
병석에 누운 남편이 나에게 말했다
대답 없는 나에게 남편이 다시 말했다
"내가 없으면 당신 어찌 살 건가.
한글이라도 알아야 살 것 아닌가."

몇 날 며칠 고민하다 한글교실
접수하고 학교 사흘 다니니
남편이 갑자기 떠났네

남편 떠나고 이제야 내 이름 석 자 쓰게 되었네
내 이름 이리 예쁜 이름이었는지
내 이름이 이리 귀한 것인지
남편 덕분에 알게 되었네

이름: 김영예

나는 거짓말쟁이

임 금 옥

"여보, 오늘 침 맞으러 갔다 올게요."
"그려 그려, 돈도 많이 가져가소."
오늘은 월요일
아침부터 부산히 서둘러
밥 떠먹이고, 기저귀 갈고, 약 먹이고
그리고 거짓말을 한다

"여보, 오늘 약 타러 병원에 갔다 올게요."
"그려 그려, 자네라도 건강해야제."
오늘은 수요일
아침부터 부산히 서둘러
마당 쓸고, 청소하고, 숙제하고
그리고 거짓말을 한다

여든 다 되어 시작한 공부
내 인생의 마지막 꽃
글자 꽃을 피우기 위해서
나는 거짓말쟁이가 되어도 좋다

책 나비

윤 봉 희

넓은 들판에서
나비를 잡자
나비를 잡자

책은 나비를 닮아서일까
어릴 적 내 손에는 닿을락 말락
늘 잡히지 않았던 나비

이제 내가 잡은 나비
지금 내 손에 잡힌 나비
돋보기안경 쓰고
교실에서 나비를 잡는다

첫 경험

김 양 순

나도 내 책이 있고
내 책상에 앉아서
공부를 하는구나

내 생애 첫 시험지 받는 날
서방님 처음 만난 날보다
더 떨리는구나

컴퓨터 자판도 만져 보고
이메일 주소도 만들다니 이런 날도 있구나

가슴 터지는 덧셈 뺄셈
돌아서면 잊어버리는 ABCD
머릿속은 온통 먹구름이구나

심장이 두근두근
머릿속은 새까매져도
즐겁고 황홀한 첫 경험이구나

내 인생의 봄

지 정 순

여자는
글을 몰라도 되는 줄 알았다

여자는
남편의 말에 복종만 하면 되는 줄 알았다

여자는 애 키우고 밭 일구고
하루 종일 일만 하는 줄 알았다

세월은 겨울이 가면 봄이 오는데
나는 매일매일 추운 겨울만 살았다

내 눈이 밝아지고
내 손이 글을 쓰고
내 발이 한글학교에 데려다 주고

칠십이 넘어서야 나는 봄을 만났다
영원히 봄하고만 놀고 싶다

나는 세상을 거꾸로 살아요

박 광 춘

참 이상하다

내가 공부를 시작하고
변했다고 한다

그동안 나는 쓸모없는 사람인 줄 알았다
그림을 그리는 것도
글씨를 쓰는 것도
팔십이 다 돼서
잘한다는 것을 알게 되었다

이런 것도 모르고
죽었으면 어쩔 뻔했어

우리 딸이
"엄마가 공부하더니 소녀가 됐네." 한다

공부를 할 때면

가슴이 두근두근
정말 어린아이가 된다

전화번호부

유 점 례

우리 집 방 안에
외로운 책 한 권
전화번호부

쓰임은
냄비 받침
뚝배기 받침

어느 날
손에 쥔
한글 공부 책

친구 되어
나란히
걷게 되었네

내팽개친 받침은
새로 태어나

자식들과
소통하는
길이 되었네

응원

한 오 순

농장에서 상추, 오이를 키우면
쑥쑥 잘만 자란다

글자 배우기 시작한 지가 언젠데
여전히 나는 씨앗도 못 터뜨리고 있다

자식들 학교 다닐 때 숙제를 봐 줄 수 없어
아빠 기다리다 늦게 잠든 아이들이
안쓰럽기만 했는데
어느새 훌쩍 커서 엄마를 응원한다

농장에서 자라는 감자를 보니
여전히 잘만 자란다
질투 난다

언젠가 한오순
꽃도 피고 열매도 맺겠지요?

망태기에 담은 꿈

오 옥 선

어린 손자 녀석 꿈이 뭐냐 물었더니
할매 어젯밤 꿈 안 꿨는디
어라 이 녀석 할미를 놀리네
근데 맞는 말 갈당께

글자를 바싹 만나니 비몽사몽 꿈인 것 갈다
오래 살다 보니 이리 좋은 세상이 오는구먼
공부를 다 공짜로 시켜 주다니
어째 이리 꿈갈은 일이 있당가

깊어진 주름살에 평생 시름 걸어 내고
한 자 한 자 고운 글 행복 담아 간직하고
행여 잊어버릴까 행여 잃어버릴까
등에 엉긴 망태기 속에 꼭꼭 간직한다

새하얀 머리 위에 글자 꽃이 피어난다

내 나이

이시카와 스미코

외국에서 사는 것은
다시 태어나는 것과 비슷하다

인사를 할 수 있다 3살
한글을 읽을 수 있다 5살
혼자서 버스를 탔다 7살
말하기 대회에 참가했다 10살
친구와 여행을 갔다 15살

지금도 나는 매일매일 성장하고 있다
이제 나는 몇 살이 되었을까?

인생 업그레이드

고 초 강

내 이름 석 자 겨우 꿈벅꿈벅
내 아이들 이름 겨우 더듬더듬

아이들 학교 통신문에 얼굴만 붉으락
어버이날 건네준 아이들 편지에 고개만 끄덕끄덕

그랬던 내가

카톡! “엄마, 지금 뭐 해?”
“김치 담가.” 카톡!
카톡! “언니, 오늘 숙제가 뭐예요?”
“받아쓰기 시험 본다고 공부해 오라 했어.” 카톡!

어느새 내 손에서
훨훨 날아다니는 글자들
인생 업그레이드!

시간이 아까워요

김 정 자

새벽 5시
오늘도 이리저리 뛰며 손자들 챙기고
밥도 못 먹고 공부하러 나서네
버스를 기다리는 동안에도
오늘은 무엇을 배울까
가슴이 두근두근 뛰네
마음은 이미 학교에 가 있네

힘들고 어렵지만
공부하러 다니는 지금이 행복하네
공부만 실컷 하고 싶은데
아들딸 집안일 보느라
시간이 없어 속상하네
더 늙어 공부 못 하게 될까 봐 걱정이네
"얘들아 제발 이제는 너희끼리
나가서 살면 안 되겠니?"

고추밭 마늘밭

조 계 연

토요일만 되면
고추밭도 내팽개치고
마늘밭도 내팽개치고
예쁜 옷 차려입고
가방 메고 학교 간다

토요일만 되면
영감님 목소리 두 배 커져
오늘도 밭일 두고
또 공부하러 가나
고추밭 마늘밭 다 타 죽는다

영감 소리에
귀 닫고 입 닫고 앞만 보고
공부하러 학교에 간다

마음은 콩밭

강 수 련

고추 모종도 심어야 하고
감자밭에 풀도 뽑아야 하고
상추도 솎아야 하는데
내 마음은 콩밭에 가 있다

채전밭에 물도 줘야 하고
배나무 과수원에 약도 치러 가야 하는데
내 마음은 콩밭에 가 있다

받아쓰기
숙제
ABC
공부를 시작하고 나서부터
나는 자주 콩밭에 가는 버릇이 생겨
버렸다
손은 느리고
마음은 바빠 죽겠다

오늘은 태화장

김 경 숙

장날 아침만 되면
내 마음이 두 마음이 된다

책가방 들고 학교를 갈까?
열무 다라이를 들고 시장을 갈까?
에라이…… 모르겠다
둘 다 챙겨
태화장으로 간다
토실하게 키운 열무 얼른 팔아넘기고 학교 가야지

좌판 펼치고 앉아
내 마음은 학교에 가 있다
하루 학교 빠지면
반 친구들만 앞으로 나갈까
불안불안
에라이…… 모르겠다
좌판 떨치고
학교를 간다

헐레벌떡
받아쓰기 1시간 하고
다시 좌판 찾아 앉아
열무 사세요……
싱싱한 열무 사 가세요
제가 직접 키운 열무 사세요

시간아 멈추어 다오

최 영 희

다섯 살 손녀딸 등에 업고 물었다
“얘야, 너 흙 자 쓸 줄 아니?
그거 알거들랑 한 번만 써 다오.”

모른다고는 못 하고…… 아주 살며시 물었다.
고사리 같은 손으로 마당에다가 ‘흙’이라고 써 줬다
그 손녀딸이 벌써 대학교 2학년
육십 먹은 할미가 다섯 살 먹은 손녀딸에게 처음 배웠다

흙에서 평생을 농사짓고 살았는데
흙이라는 글자를 그제야 처음 써 봤다
그때라도 배웠더라면 머릿속에 더 잘 들어갔을까?

늦게 배운 도둑이 날 새는 줄 모른다고 하더니
늦바람 공부에 자전거를 타고 복지관까지
30분을 달려와도 힘든 줄을 모른다

공부 시간은 왜 이리 빨리 지나가는지 하루해가 짧다

시간에 손이라도 있다면 붙잡아 두고 싶건만
나 글 좀 배우게 시간아, 멈추어 다오!

은행 전표 써 본 날

이 순 월

은행을 갈 때마다
이 사람 저 사람에게
이것 좀 써 주세요
부탁을 했다
숫자도 글도 쓸 줄 몰라서

문해교실 금융 문해 시간에
출금 전표 입금 전표 써 보기 연습했다
그래도 자신이 없어
은행에서 빈 전표를
집으로 갖고 왔다

학교에서 배운 대로
이름 계좌 번호 금액을
한 자 한 자 쓰고 또 쓰고
다음 날 아침
드디어 내가 혼자 돈을 찾았다

사인했어요

박영희

바퀴벌레 약을 받으러
아파트 관리소에 갔다

할머니 여기 사인하세요!
사인이 머꼬?
여기 빈칸에 이름 쓰세요!

이름을 써 주고
바퀴벌레 약을 받아 왔다
기분이 좋았다

이름 쓰는 것이 사인인 줄
그때서야 처음 알았다
자꾸만 웃음이 났다

보물 곳간

송경자

가을걷이하러 온 딸이
곳간을 보더니 소리쳤어요
와! 우리 엄니 글씨 잘 쓰시네

고추 70근 콩 30키로 깨 20키로
자루마다 비뚤비뚤 써 놓은 내 글씨
딸의 칭찬에 나는 우쭐했어요

이름도 못 쓰고 살아온 칠십 평생
농약병을 읽을 줄 몰라 고추밭에 칠 것을
마늘밭에 줘서 마늘 농사 망치고 쌓아 둔 자루에
뭐가 있는지 몰라 자루마다 열어 보고
공부한 지 3년 글자를 읽고 쓰네요
약 잘못 쳐서 농사 망칠 일 없고
하나하나 자루 열어 보는 수고 없고
내 보물 곳간에 내 인생의
글자 꽃이 환하게 피네요

허리 펴고 눈도 뜨고

진 귀 녀

못 배운 글자 때문에
못 배운 사람이 되어
칠십 평생 허리 펴기 어려웠는데

글이 보이니 허리가 펴진다

글이 보이니 간판이 보인다

보이는 것들이 많아지니
하나하나 읽어 보느라

걷는 걸음이 점점 느려진다

집으로 가는 길이 오래 걸린다

나만 몰랐던 세상

양 부 님

칠십 살 넘도록 글씨를 읽고 쓸 줄 몰라
택시가 가면 무조건 빈 택시인 줄 알고
손만 들고 있응께 안 태워 줘
바쁜디 성질나 죽겄어
그란디 1년 학교 다닝께 아 빈 택시 천지
빈 차라고 딱 써진 것을 알겠더라
또 사람 타면 불이 꺼져 있고
3년 학교 다닝께 내 핸드폰 LG가 보이더라
동네 돌아다니며 한글 간판도 읽고
영어 간판 읽는디 영어가 그라고 많더라
우리 딸 보고 그전에는 간판에 영어가 하나도 없었는디
시방은 영어들이 많이 깔렸드랑께 이러니께
딸이 엄마가 모릉께 안 보였재 옛날에도 다 있었재
인자는 영어도 읽고 한글 간판도 읽고
잘은 못혀도 노상 읽고 댕긴다 나비 되어
나만 몰랐던 새로운 세상이 있었더랑께
키오스크 ATM기도 있당께 나만 몰랐당께

BURGERKING
초원약국
행복상회
CAFE
엄마분식
HAIR SHOP

응원

이 분 옥

뚝배기 안에서 콩알들이
보글보글 춤춘다
호박 두부 고추 들이
어울려서 구수한 된장찌개가
하루의 시작을 연다

찌개를 끓이다 못 가르친
한 품고 간 엄마 생각에
늦은 나이에 공부를 시작했다
책가방에서 공책이 부비 부비
필통 안 연필도 달그락그락
찌개를 끓이며 내 삶을 응원한다

난 학생이여

박 병 옥

편지가 오면 옆집으로 담박질하여
헐레벌떡 뛰어가던 나였는디
난 학생이여
이젠 내 눈으로 편지를 읽을 수 있슈
선거하러 가면
아무 데나 도장을 찍고 왔지만
난 학생이여
이젠 내가 원하는 사람한테
투표를 할 수 있슈
편지를 쓰고 싶었지만 감히 엄두도
못 냈는데 난 학생이여
이젠 편지를 쓸 수 있슈

내 마음의 꽃밭

윤 천 순

60년도 더 묵은 텃밭에 꽃씨를 뿌렸어요
글자를 몰라 캄캄하고 답답했던
내 마음의 텃밭에 ㄱ, ㄴ, ㄷ, ㄹ 글 꽃씨를 뿌렸어요

날마다 날마다 새벽부터 밤중까지
읽고 쓰고 읽고 쓰고 열심히 노력했더니
어느 순간 환하고 어여쁜 글자 꽃들이
피어나기 시작했어요

ㄱㄴ 심은 곳에 개나리꽃 노랑나비
ㄷㄹ 심은 곳에 달리아 라일락
ㅅㅈ 심은 곳에 사랑스러운 장미꽃

65년 까막눈 내 인생에
아름다운 글 꽃들이 봄꽃처럼
활짝 피어났어요
보람 있고 살맛 나네요

행복한 인생

이 수 화

이 꿈 저 꿈 꿔 봐야 뭐하냐
살 만치 살았는데
빈손으로 와서 빈손으로 가는 인생
아등바등할 일 뭐 있냐

갈 데는 한 군데밖에
없는 줄 알았는데
공부하러 가야지
요가 하러 가야지
장 보러 가야지

갈 데 많아서 좋네

사랑해 말한 날

이순자

가족에게 '사랑해'라고 말하기 숙제
내 평생 사랑한다 말을 안 하고 살아서
이 나이에 쑥스러워 어떻게 말해
숙제를 하기는 해야겠는데
남편 눈치만 보고 있다가
밥상 들어 주는 남편에게
이때다 싶어
고마워요 사랑해요
말해 버렸다
나는 얼굴이 빨개졌는데
당신 무슨 일 있나 하고
남편이 웃고 있었다
밥맛이 씹을수록 좋다
어쩔 겨
이제 시작해 버렸으니
매일 사랑해요,라고 말해야지

한 분씩 이 땅의 시인으로 거듭나시기 바랍니다

우리나라엔 문맹자가 많지 않다는 말을 들은 적이 있는데 실은 그런 게 아니었습니다. 숨어 있는 문맹자가 제법 많았던 것입니다.

장년의 나이를 넘기고 노년에 이른 분들이 대부분입니다. 그분들이 글을 처음 깨치고 그 기쁨을 표현한 시를 읽었습니다. 단순하고 소박하지만 감동의 폭은 대단했습니다. 눈부시다고 그럴까, 가슴에서 고동 소리가 들리는 듯하다고 그럴까, 그야말로 살아서 숨 쉬는 글들이었습니다.

절대로 화려한 수사가 아닙니다. 진솔한 표현입니다. 그 글에는 인생에 대한 원망이나 한탄 대신 기쁨과 만족이 담겨 있었습니다. 이야말로 놀라움입니다. 하나의 발견이기도 했습니다. 시에서 정말로 중요한 것은 깨달음과 각성인데, 바로 그것이 그분들 시에 있었습니다.

주로 제 나이쯤 되시는 분들이었습니다. 아, 나는 일곱 살 때 한글을 읽는 아이가 되었는데 그분들은 내 나이가 되도록 글을 읽지 못하는 세상을 살았다니! 미안하고도 민망하고 송구스러운 마음에 글을 읽으며 옷깃을 여몄습니다.

이 책은 나이 칠십이 넘으신 어른들이 쓴 시 100편을 모은 시집입니다. 그렇다면 7,000년의 세월이 담긴 책이 되겠네요. 아, 세상에 이런 책이 어디 있을까요! 이야말로 인생 파노라마요 시 작품의 현란이 아닐 수 없겠습니다.

글을 깨쳐 마음의 어둠에서 벗어나신 것을 축하드립니다. 다시는 어둠에 갇히지 말고 밝고 환한 세상을 살면서 마음속 느낌이며 생각을 자주 시로 표현해 보시어요. 어느 사이 한 분씩 이 땅의 참 좋은 시인으로 거듭나시는 놀라운 일이 일어날 것입니다.

2022년 여름

엮은이를 대표해 나태주 삼가 씁니다.

일흔 살 1학년

초판 1쇄 발행 • 2022년 9월 8일

기획 • 국가평생교육진흥원
지은이 • 전국 성인 문해교실 할머니·할아버지 시인 100명
펴낸이 • 강일우
편집 • 서영희
펴낸곳 • (주)창비교육
등록 • 2014년 6월 20일 제2014-000183호
주소 • 04004 서울특별시 마포구 월드컵로12길 7
전화 • 1833-7247
팩스 • 영업 070-4838-4938 / 편집 02-6949-0953
홈페이지 • www.changbiedu.com
전자우편 • textbook@changbi.com

ISBN 979-11-6570-157-4 03810

* 책값은 뒤표지에 표시되어 있습니다.